KB181869

한국 희곡 명작선 ₁₃₄

승평만세지곡(昇平萬歲之曲)

한국 희곡 명작선 134

승평만세지곡(昇平萬歲之曲)

박정기

평민사

박정기

승평만세지곡(昇平萬歲之曲)

등장인물

강홍립(姜弘立) : 5도도원수(五道都元帥).
홍씨(洪 氏) : 강홍립의 부인.
광해군(光海君)
홍타시(弘打時) : 후금국(後金國)의 왕자, 후에 황제가 됨.
비연(飛 燕) : 후금국의 공주.
장수 1
장수 2 : 후금국의 장수
장수 3
인조(仁祖)
한씨(韓氏)
소 현(昭 顯) : 인조의 큰 아들. (여자 연기자가 할 수 있다)
봉 립(鳳 林) : 인조의 둘째 아들. (여자 연기자가 할 수 있다)
이씨(李 氏) : 인조의 누님.
손상궁(孫尙宮) : 내전상궁(內殿尙宮).
도제조(都堤調) : 간택도감(揀擇都監)의 도제조.
윤방실 : 첫 번째 소현세자 빈으로 간택되는 규수.
강숙(姜 璹) : 강홍립의 아들.
처(妻) : 강숙의 처.
강 식(姜 湜) : 강홍립의 손자.
신하 1
신하 2 조선 조정의 신하.
신하 3
집전관(執典官)
수비1
수비2
강하늘 두 번째 소현세자 빈.
전 의(殿 醫)
규수들
무희들
병사들
(등장순에 따라 일인(一人) 이역(二役)이나 삼역(三役)까지 할 수 있다)

때

조선왕조 중엽, 인조 십오년 병자년(丙子年) 서기(西紀) 1637년을 전후로 해 20년간.

무대

배경막에서 무대 앞부분까지 경사진 무대. 장면의 빠른 전환을 위해 약식장치와 소품 그리고 영상을 이용한다.

1막

1장

강홍립의 부인 홍 씨가 백발을 흩날리며 강둑에 앉아 강물에 명주
실을 계속 풀어 흘려보낸다.
손자 강식이 지게에 나뭇단을 지고 들어오다가 홍 씨를 발견하고
다가가 지게를 내려놓는다.

강식 할머니! 또 강둑에 나와 계시는군요? 강바람이 차가운데
거기 앉아서 무얼 하시는 거예요? (다가선다) 아니? 실이잖
아요? 실을 왜 강물에 푸세요?

홍씨 이 명주실 한 타래가 강물에 다 풀려 내려갈 때까지, 우리
집안과 이 할미의 소원을 비는 거란다. 청나라로 끌려가
계시는 네 할아버지께서 무사히 돌아오실 수 있도록 말이
다.

강식 십년이 넘었는데 돌아오시겠어요? 그리고 할아버지는 끌
려가신 게 아니에요. 스스로 바라서 가신 거라구요.

홍씨 스스로 바라서 가다니?

강식 사람들이 그러는 걸요. 청나라에 투항하신 거라구….

홍씨	당치않다! 그렇지 않아!
강식	그렇지 않기는요? 할아버지는 우리 병사들을 이끌고 간 장수였는데, 전쟁터에서 적군에게 앞장서서 항복했기 때문에, 전쟁을 패하도록 만든 장본인이라고….
홍씨	닥치거라! 네 할아버지께서는 그런 분이 아니시다! 오히려 그 반대이니라!
강식	반대라니오? 청나라 오랑캐에게 앞장서서 투항한 불충한 인물인데두요?
홍씨	닥치지 못 하겠느냐? 만고충절지인(萬古忠節之人)이신 네 할아버지께 감히…!
강식	만고충절지인이라니요? 할머니! 할머니께서 노망을….
홍씨	네 이놈! 이런 고얀 놈을 봤나? 회초리를 맞아야 하겠구나! 네 이놈! 써억 무릎 꿇고 거기 앉거라! 앉아서 이 할미의 얘기를 듣고, 이 할미의 얘기가 사실이라는 걸 알게 된다면, 회초리를 맞을 각오를 해야 하느니라! 내가 네 다리에 피가 터지도록 회초리질을 할 테니까!
강식	할머니!
홍씨	어서 꿇어!
강식	에이 참! (꿇어앉는다)
홍씨	듣거라! 지금으로부터 이십년 전, 네 할아버지께서는 5도 도원수(五道都元帥)로 책봉되시어 상감이셨던 광해군과 독대(獨對)를 하게 되셨느니라….

2장

광해군 앞에 부복(俯伏)하고 있는 강홍립.

광해　장군! 우리 조선국과 삼백년 동안 지속되어 온 명나라와의 관계도 중요하오만, 신생 후금국 또한 소홀히 대해서는 아니 될 것이오! 우리가 후금국의 침략을 받은 명나라를 지원하기 위해 파병(派兵)을 하기는 하오만, 후금의 팔기병(八旗兵)은 천하제일의 막강함을 자랑하는 군대라서 우리 조선이나 명나라의 상대로는 힘들 것으로 알고 있소이다. 그러니 장군은 팔기병과의 정면충돌은 피하시오. 이만 명에 이르는 우리의 젊은 병사들이 부질없는 싸움으로 희생되어서야 되겠소? 그리고 지금 과인이 한 말은 나와 장군만이 알고 있어야 할 극비(極秘)이니, 결코 누설됨이 없어야 할 것이오!

강홍립　신(臣) 5도도원수 강홍립, 명심하고 출정(出征)하겠사옵니다 전하!

3장

홍 씨가 아들 강숙(姜璹)과 함께 강홍립을 배웅한다.

홍씨　　숙아! 아버님께 인사 여쭤야지.

강숙　　아버지!

홍 씨와 강숙이 큰절을 한다.

강홍립　오냐, 그래. 곧 돌아오마. 부인! 그럼···. (나간다)

4장

병사들의 함성과 함께 조명 들어오면, 청, 황, 홍, 록, 자, 흑, 백(靑黃紅綠紫黑白)의 기(旗)를 든 후금국 병사들이 객석 뒤쪽에서 나와 무대 위로 올라가 좌우로 도열해 홍타시(弘打時)를 연호한다.

병사들　홍타시! 홍타시! 홍타시!

홍타시와 연을 위시한 후금국 장수들이 객석을 통과해 무대로 올라간다.

홍타시　(손을 들어 함성을 멈추게 한다) 나의 용맹한 병사들이어! 명나라의 군대는 가합령(家哈嶺)에서 우리 병사들에게 격파되었다! 이번에는 강홍립이 이끄는 조선군을 전멸시켜야 한다! 그래야 나의 아버지 누루하치 칸께서 기뻐하실 것이다!

병사들　누루하치 칸! 누루하치 칸! 누루하치 칸!

홍타시　(손을 들어 제지하며) 지금 이만 명의 조선군이 평정산(平頂山)에서 배동갈령(拜東葛嶺)으로 이동 중이라는 전갈이 왔다! 그렇다면 바로 이 골짜기를 통과할 것이니, 여기서 지키고 있다가 공격해 전멸시키기로 하자! 알았는가?

일동　네!

홍타시　이제부터는 절대 소리를 내어서는 안 된다! 옆 사람에게 숨 쉬는 소리가 들려서도 안 된다! 나뭇잎 떨어지는 소리가 들릴 정도로 조용히 해라!

비연　오라버니! 조선병사들이 공격당하기 쉬운 이 골짜기를 통과할 거라고 생각하세요? 위험을 무릅쓰고, 이런 협곡을 지나갈 거라고 생각하느고요? 절대 이리로 안 가요!

장수1　공주 말씀이 옳습니다! 조선군은 임진년(壬辰年) 이래 칠년 동안이나 섬나라 왜병들과 싸웠는데, 그네들의 경험에 비추어 이런 골짜기를 통과하지는 않을 것입니다!

장수2　옳습니다! 게다가 적장 강홍립은 지략과 용맹이 뛰어나, 우리에게는 물론 명나라까지 소문난 장수인데, 무모한 모험을 강행하리라고는 생각되지 않습니다!

홍타시　내가 누군가? 나는 홍타시다! 나 홍타시의 생각은 틀리지 않는다! 조선군은 반드시 이 길을 통과할 것이니 두고 봐라! 성질이 급한 조선군이 지름길을 놔두고 백여 리를 돌아갈 리가 있겠는가?

말울음 소리가 들리기 시작한다.

홍타시 쉿! (배경막 오른쪽을 살핀다) 봐라! 조선군이다!

말굽소리가 점점 커진다. 기병들이 기를 일제히 숙인다.

홍타시 (잠시 귀를 기울이다 칼을 뽑아든다) 됐다! 기를 세워라! 공격한다!

병사들이 기를 세우면, 함성과 함께 홍타시와 장수들이 배경막 오른쪽으로 달려 나간다. 기병들도 뒤를 따른다.

5장

비파(琵琶)소리에 맞춰 무희(舞姬)들이 춤을 춘다. 무대중앙에 홍타시와 장수들이 술을 마시며 앉아있고, 뒤쪽 좌우에 병사들이 횃불을 밝히고 서있다.

홍타시 오늘의 승리를 위해 축배를 들자!
장수들 (술잔을 높이 든다)
비연 승리가 아니야! 이상해!
홍타시 비연아! 너는 뭐가 못 마땅해서 그러느냐? 무엇이 이상하다는 거지?

비연   그렇잖아요 오라버니? 어째서 조선군은 제대로 싸우지도 않고, 단번에 일만 삼천 명이나 포로가 되었느냔 말이에요?

장수1   그거야 우리의 팔기병이 워낙 강하니까 상대가 안 된 거죠.

장수2   그럼요! 천하제일의 막강함을 자랑하는 우리 병사들에게 어느 누가 감히…?

비연   아니야! 그럴 리가 없어! 조선군이 그렇게 약할 리가 없어! 조선군은 마치 싸울 의사가 없거나, 싸울 줄을 모르는 것 같았어! 상상 밖이야!

홍타시   무슨 쓸데없는 소리를? 어쨌건 우리의 승리이거늘….

비연   오라버니! 칠년 동안 왜국과 싸워서 실전경험을 쌓았으면, 조선군 역시 우리와 마찬가지로 막강한….

홍타시   듣기 싫다! 이긴 건 이긴 거야! 너도 술이나 마시거라! 이봐! 비연에게도 술을 줘라!

비연   싫어! 안 마실 테야!

소리   기습이다! 조선군이 기습해 왔다!

홍타시와 장수들이 무기를 집어든다. 곧이어 머리위에서 발끝까지 검은색 착의(着衣)를 한 조선병사들이 무대 좌우와 객석에서 뛰어올라 홍타시와 장수들에게 활을 겨눈다. 무희들이 비명을 지르며 주저앉는다. 조선병사들이 홍타시와 장수들을 결박해 꿇어앉힌다. 병사 한 명이 비연을 묶으려 한다.

비연   (병사의 따귀를 때린다) 내 몸에 손대지 마!

병사   어? (비연의 멱살을 잡는다)

소리   내버려 둬라!

강홍립이 등장한다.

강홍립   누가 왕자 홍타시 님이냐?

홍타시   나다!

강홍립   (다가가 칼을 뽑아든다)

홍타시   음! (체념한 듯 눈을 감는다)

비연   에잇! (칼을 뽑아 강홍립에게 덤벼든다)

강홍립   (단번에 비연의 칼을 쳐서 떨어뜨린다) 물러서라!

홍타시   누구냐? 알고나 죽자!

강홍립   (얼굴의 천을 끄르며) 나 강홍립이오! (다가가 포승을 칼로 끊어준
다) 이렇게 칠흑 같은 밤이라야 팔기군의 기가 무용지물이
되겠기에 야습을 한 거요.

홍타시&비연   오!

강홍립   명나라와의 오랜 의리 때문에 참전을 했을 뿐, 귀국과 무
슨 원한이 있겠소? 싸움을 않고 회군(回軍)을 할 명분을 찾
고 있으니, 왕자께서 도와주시오.

홍타시   회군할 명분을? 내가 어떻게…?

강홍립   귀국과 명나라와의 싸움에 다시는 관여하지 않는다는 조건
으로, 우리 병사들을 돌려보내는 것으로 하면 어떻겠소?

홍타시	다시는 관여하지 않는다는 조건으로 포로를 석방하라…?
비연	오라버니! (홍타시의 귀에 대고 속삭인다)
홍타시	음? 오! (강홍립에게) 좋소! 그리고 우리에게도 조건이 있소.
강홍립	말씀하시오.
홍타시	첫째, 일만 삼천 명의 포로 대신 강 장군이 남으시오!
강홍립	내가?
홍타시	둘째, 장군이 우리를 도와 함께 명나라를 공격하는 것이오!
강홍립	나보고 명나라를?
홍타시	그렇소! 우선 가도(假島)에 있는 명나라 장수 모문룡(毛文龍)의 군대부터!
강홍립	모문룡 장군을 지원하러 왔는데, 어떻게 공격을…? 있을 수 없는 일이오!
비연	(다시 홍타시에게 속삭인다)
홍타시	오! (끄덕이며 강홍립에게) 그렇다면 심양성(瀋陽城)이나 요양성(遼陽城)을 공격하는데, 함께 싸우겠소?
강홍립	심양성과 요양성을? 아니…? 그렇게 거대한 성을 공격한단 말이오?
홍타시	….
강홍립	좋소! 우리 병사들을 무사히 돌려보낼 수 있다면 함께 싸우리다!
홍타시	좋소!
장수들	(환호한다)

6장

배경막에 흐르는 강물의 영상이 나타난다.

홍타시 강 장군! 심양성의 동문(東門)이나 서문(西門)은 진입로가 넓고 확 트여서 공격하기가 좋은데, 왜 하필이면 강을 끼고 있는 남문(南門)을 택한 거요? 우리 병사들이 물을 싫어한다는 것을 장군도 잘 알지 않소?

강홍립 바로 그거요. 우리 조선이나 명나라에서도 당신네 여진족(女眞族)이 물을 두려워한다는 것을 잘 알고 있소이다. 그러니 동문이나 서문보다는 강을 끼고 있는 남문 쪽의 방비가 허술할 것이 아니겠소?

홍타시&비연 오!

강홍립 내 생각이 틀리지 않는다면, 곧 소식이 있을 거요. 보시오! 저기 청기(靑旗)가!

홍타시 오! 남문 문루(門樓)에 청기가 꽂혔다! 남문을 장악했다! 자! 기를 모두 세워라! 도강하겠다!

7장

배경막에 끝없이 펼쳐진 지평선의 영상이 나타난다. 강홍립과 홍타시 그리고 비연이 등장, 객석을 향해 선다.

강홍립   아! 요동 벌…!

비연   강 장군! 조선에는 이처럼 드넓은 평야가 없지요?

강홍립   지금은 없소이다.

홍타시   지금은 없다니, 무슨 뜻이오?

강홍립   천하의 태평함이나 불안함은 바로 저 요양(遼陽)의 넓은 벌
판에 달려 있소이다! 저 광야가 평안하면 천하의 풍진(風
塵)이 잠을 자고, 저 벌판이 동요하면 천하의 전운(戰雲)이
전쟁의 북소리에 맞춰 퍼지게 된다오, 저 요동 벌은 본시
우리의 땅이었소.

비연   알아요. 요동은 원래 고구려라고 하는 나라의 땅이었죠.

홍타시   그렇다면 장군은 잃었던 땅을 되찾는다는 각오로 전투에
임하시오! 심양성을 장악할 때 보여준 장군의 지략과 용
맹을 이번 요양성 공격에서도 보여주시오! 내가 천하를
평정하면, 이 평야를 조선에 되돌려 주리다!

강홍립   진정으로 하시는 말씀이오?

홍타시   그렇소!

비연   저기 청기가!

홍타시   청기가 섰다! 자! 공격하라! 공격!

우렁찬 말발굽 소리가 들리며 암전.

8장

무대 중앙에서 홍타시와 장수들이 강홍립과 술을 마시고 있다.

홍타시 승리다! 우리가 심양성과 요양성을 장악하게 된 데에는 강 장군의 공이 컸소!

비연 강 장군! 술을 받으세요. 내가 한 잔 따를게요.

강홍립 고맙소!

홍타시 우리 아버지 누루하치 칸께서 강 장군에게 포상(褒賞)하실 것이오!

강홍립 그렇다면 이제 내가 귀국해도 되겠군요?

홍타시&비연 귀국?

강홍립 그렇소!

비연 안 돼! 귀국은 안 돼! 그렇죠 오라버니?

강홍립 안 되다니? 약속이 틀리지를 않소?

홍타시&비연 약속?

강홍립 심양성과 요양성을 귀국이 장악하도록 도와드렸으니, 이제 나를 귀국시키는 것이 당연하지 않소이까? 나를 돌려보내 주시오!

비연 그럴 수 없어요! 조선이 우리와 화친을 맺기 전에는!

홍타시 암! 화친을 맺기 전에는 안 되지!

강홍립 화친이라니오?

비연 조선은 우리가 일만 삼천 명의 병사를 고스란히 돌려보내

주었는데도 화친의 사절은커녕 이렇다 할 감사의 표시하
나 전해 오지를 않았어요!

홍타시   그렇고말고! 전해 오지를 않았지!

비연   그런 조선을 어떻게 믿고 장군을 되돌려 보낸단 말씀인
가요?

강홍립   (일어서며) 그것은 가도의 모문룡 장군이 이리로 오는 길목
을 지키고 있기에, 조선으로부터 사절이 오지를 못한다는
것을 왕자님과 공주님께서도 잘 아시지 않소이까?

비연   이유야 어찌 되었건 화친의 사절이 오기 전에는 장군의
귀국을 허락할 수 없어요!

홍타시   그렇소! 조선조정에서 사절이 오는 즉시 돌려보내드리리
다! (나간다)

비연   (따라 나간다)

장수들   (뒤따라 나간다)

강홍립   이럴 수가! 이럴 수가!

9장

홍 씨가 무대 왼쪽에서 소반 위에 냉수를 떠놓고 손을 빌며 꿇어
앉아있다. 배경막에 수많은 별이 보인다.

10장

무대 오른쪽 천막 안, 강홍립이 들어와 옷을 벗고 침상에 눕는다.
잠시 후 비연이 들어와 옷을 벗고, 침상으로 파고든다.

강홍립　누구냐? (일어난다) 아니? 비연 공주가…? 이게 무슨 짓이
　　　　오?
비연　　안아줘요, 어서…!
강홍립　안아달라니? 아무리 여진족 오랑캐의 아녀자라고는 하지
　　　　만 어찌 이런 행동을…?
비연　　장군. 어서 안아달라니까요.
강홍립　썩 나가지 못 할까?
비연　　못 나가! (강홍립을 끌어안는다)

11장

별을 바라보며 홍 씨가 계속 기도를 한다. 강숙이 들어와 지켜본다.

12장

침상에 마주앉은 강홍립과 비연.

비연	내가 마음에 들지 않으세요?
강홍립	….
비연	부인께서 아름다우신 모양이죠? 이 비연을 눈에 안 차 하시는 것을 보면…? 내가 미운가요?
강홍립	….
비연	알았어요. (일어나 침상에서 내려서려다 다시 달려들며) 나 나가기 싫어! (불을 불어 끈다)

13장

어둠속에서 말굽소리와 함성이 들리다가 잠잠해진다. 무대 오른쪽 끝, 홍타시에게 스포트라이트가 들어간다.

홍타시	어찌 이럴 수가! 바야흐로 중원(中原)이 나 홍타시의 수중에 들어올 판인데, 어째서 조선에서는 화친의 사절을 파견하지 않는단 말이냐? 우리를 대하는 조선의 태도가 이토록 부도하고 무례할 수가 있단 말인가?
비연	(무대 중앙에서 스포트라이트를 받으며) 사절이 오지 않았으면 좋겠어! 그래야 강 장군이 돌아가지 않을 테니까! 우리는 이젠 강 장군이 없으면 안 돼! 나도 이젠 강 장군 없이는 못 살아! 정말이야!
강홍립	(무대 왼쪽으로 스포트라이트가 들어가면 객석 가까이 오며) 전하!

어째서 화친의 사절을 보내시지 않사옵니까? 새로 일어난 후금국을 소홀히 대해서는 아니 된다고 하셨던 주상전하의 말씀을 잊으셨사옵니까? 무슨 까닭으로 사절을 파견하심에 이토록 주저하고 계시온지요? 신 강홍립, 이곳에 온지 벌써 삼 년이나 되었사옵니다! 신을 잊으셨사옵니까? 주상전하! 어서 화친의 사절을 파견토록 하시옵소서!

2막

1장

무대 오른쪽에 인조(仁祖)와 왕비(王妃) 한씨(韓氏), 소현세자(昭顯世子)와 봉림대군(鳳林大君)이 앉아있다. 아악사(雅樂士)들의 연주소리가 들려온다.

왕비 (졸고 있는 인조를 흔든다) 상감!

인조 음?

왕비 지금 연주하는 곡이 용비어천가(龍飛御天歌) 중에서 승평만세지곡(昇平萬世之曲)이라고 부르는 곡입니다.

인조 (말을 더듬는다) 스… 승평만세지곡?

왕비 여민락(與民樂)이라 부르기도 하구요.

인조 여… 여민락?

왕비 그렇습니다. 제목 그대로 '백성과 더불어 즐거워하라'라는 곡입니다 음률과 가락이 어떠세요?

인조 조… 좋구려!

왕비 좋고말고요! 헌데 저는 이 좋은 곡이 귀에 잘 들어오지가 않습니다.

인조	아니 왜…?
왕비	어떤 규수가 세자빈(世子嬪)으로 간택될지 그것이 더 궁금해서지요.
인조	그… 그거야 간택도감(揀擇都監)에서 어… 어련히 잘 알아서 할 텐데….
왕비	그렇기는 하겠습니다만…
봉림	어마마마!
왕비	왜 그러느냐? 봉림대군이 무슨 할 말이 있는 모양이지?
봉림	형님 색시가 되실 분을 뽑는데, 왜 형님이 직접 고르도록 하지 않는 거죠?
왕비	간택도감에서 관장하도록 되어있으니까.
봉림	그래도 형수님이 될 사람이니, 형님 마음에 들어야 할 게 아니에요?
소현	내 마음보다는 아바마마나 어마마마의 마음에 들어야 하는 거야.
인조	아… 암! 아바마마나 어마마마의 마음에 드… 들어야지.
왕비	물론 그래야겠지만 그보다도 더 중요한 것은 백성들의 마음에 들어야 한다는 거란다.
봉림	백성들 마음에요?
왕비	그럼! 형님이 장차 아바마마의 뒤를 이어 보위(寶位)에 오르면, 형수님은 왕비가 될 게 아니냐? 그러니 백성들의 마음에 국모(國母)로서 자리 잡을 수 있도록, 자질과 성품과 용모를 고루 갖춘 규수라야 하느니라.

봉림　　예….

　　　　도제조(都提調)가 소반에 선지(宣紙)를 받쳐 들고, 무대 왼쪽 객석
　　　　가까운 곳에 등장한다.

도제조　　그럼 삼간택에 오르신 규수 분들을 발표하겠습니다.

　　　　아악사들의 연주소리가 멈춰진다.

도제조　　순흥 안씨댁 규수 안봄꽃!
　　　　죽산 박씨댁 규수 박버들!
　　　　파평 윤씨댁 규수 윤방실!
　　　　이상 세 분입니다!

　　　　세 명의 규수가 무대 중앙에 차례로 등장해 객석을 향해 큰절을
　　　　하고 선다.
　　　　도제조가 소반을 들고 인조 앞에 갖다놓는다.

도제조　　전하! 삼간택에 오르신 세 분의 규수 중에서 한 분에게 낙
　　　　점(落點)을 하시옵소서!
인조　　음? (왕비와 선지를 번갈아본다)
왕비　　상감! 낙점을… 어서요!
인조　　(붓을 들어 점을 찍는다) 여기… 되었소?

도제조　　예.

인조　　어… 어서 발표를!

도제조　　(소반을 들고 무대 왼쪽 앞으로 다시 와 소반을 내리고 선지를 집어 든다) 파평 윤씨댁 규수 윤방실 아기씨께서 소현세자 빈으로 간택 되셨습니다!

연주소리가 높아지고, 윤방실이 기뻐하며 두 명의 규수를 끌어안는다. 두 명의 규수가 무대를 내려가면, 윤방실이 객석을 향해 날아갈 듯 절한다.

2장

손 상궁(孫尙宮)의 안내로 윤방실이 인조의 누님인 이씨부인(李氏夫人)과 함께 무대 오른쪽으로 다가간다. 왕비가 객석을 향해 앉아있다.

손상궁　　중전마마.

왕비　　손 상궁이로구나?

손상궁　　예. 세자빈으로 간택되신 규수를 모셔왔습니다.

왕비　　계운궁(啓運宮)의 고모님께서 직접 데리고 오셨군요?

이 씨　　예. (윤방실에게) 중전마마이시다. 삼 배 절하고 부복(俯伏)하거라.

윤방실	예. (절한다)
왕비	앉거라. 고모님께서두요.

세 사람 앉는다.

왕비	(자세히 보며) 어여쁘기도 하지! 고모님께서 말씀하시던 것 보다 훨씬 예쁘구나!
윤방실	망극하옵니다.
왕비	음성도 곱고…! 파평 윤 씨라고 했던가? 아버님께서는?
윤방실	의자(毅字) 립자(立字)를 쓰십니다.
왕비	윤의립? 그렇다면 형조판서 윤의립 대감의 따님이란 말 이냐?
이 씨	그러하옵니다.
왕비	어쩐지 상감께서 자주 윤 대감댁 규수 말씀을 하사더라 니… 그래 금년에 몇 살인고?
윤방실	미천한 나이 열여섯이옵니다.
왕비	세자보다 두 살 위로구나. 좋군!

소현세자와 봉림대군이 무대 오른쪽에서 등장한다.

소현	어마마마!
손상궁	(일어서며) 세자마마께서….
왕비	마침 잘 왔다! (윤방실의 옆을 가리키며) 세자는 이쪽에 나란

히 앉아 봐라.

소현　예?

왕비　세자빈으로 간택된 규수이니라.

소현　예….

왕비　(윤방실에게) 소현세자이니라.

윤방실　예…. (고개를 수그린다)

왕비　어서 앉거라.

소현　(나란히 앉는다)

손상궁　어쩌면!

왕비　아주 잘 어울리는구나!

이 씨　천생연분인 듯하옵니다!

봉림　어마마마! 소자도 장가들게 해 주세요.

왕비　봉림대군이?

봉림　예, 형수님이 되실 분처럼 예쁜 색시한테요.

일동　(웃는다)

3장

무대중앙에 인조가 앉아있고 그 앞에 신하들이 부복하고 있다.

신하1　전하! 전(前) 형조판서 윤의립의 딸을 세자빈으로 간택하
심은 불가하옵니다!

인조	부… 불가하다니? 가… 간택도감에서 결정했거늘….
신하2	아뢰옵기 황공하오나, 윤의립은 역적 이괄(李适)의 란에 가담한 윤인발(尹仁潑)의 숙부가 아니옵니까?
인조	유… 윤인발이 이괄의 도당이었던 것은 사… 사실이오만, 그의 사… 삼촌이야 무슨 사… 상관이 있소이까? 조… 조카로 해서 그 사… 삼촌까지 연루시킬 것은 어… 없지 않겠소?
신하 3	그렇지 않사옵니다 전하! 성현께서도 오불취(五不取)라 하여, 역적 집안에서는 며느리를 맞이하지 않는 것이 법도라 하였사옵니다.
인조	여… 연좌(連坐)하여 사람을 벌주는 것은 고… 공정한 처사가 아닌데, 조… 종실(宗室)에서도 합의가 되었고, 조… 조정은 물론 백성들까지 유… 윤규수가 세자빈이 될 거라고 알고 있거늘….
신하1	전하! 궁중에 이 씨 성을 가진 과수댁 하나가 궁 밖으로 자주 외출을 하면서 중매를 서고 있다는 소문이온데, 사실이온지요?
인조	계… 계운궁에 계신 과… 과인의 누님을 두고 하는 말인 듯싶은데….
신하2	그것이 사실이오면, 이는 지엄해야 할 궁중법도가 여염사가의 안방풍습으로 변하고 있다는 징표이온즉, 삼가 통한지지(痛恨之至)로소이다!
인조	무… 무슨 말씀을 그렇게까지… 그… 그렇다면 궁중내전

에는 추… 출입하는 사람이 하… 하나도 없어야 된단 말
이오?

신하3 궁중의 기강이 어지러워지면 사대부들의 집에서 이를 본
받아 도리를 어기게 되옵고, 사대부들이 이러하면, 백성들
또한 이를 본받아 점차 나라의 기강이 문란해 질 것이옵
기에 한 말씀 사뢴 것이옵니다!

인조 허허… 이것 참!

4장

인조가 무대 오른쪽에 앉아 있는 왕비에게 간다. 왕비가 일어나서
맞아들인다.

왕비 상감! 대신들이 반정공신(反正功臣)이랍시고, 왕실의 혼사
까지 간섭을 한단 말씀입니까?

인조 조… 조정대신들 중 대… 대다수가 반대를 하니….

왕비 반대를요? 이럴 수가! 재작년에는 폭군 광해를 제거하는
거사에 참여하느라 큰 애를 장가들이지 못했고, 작년에는
이괄이의 난 때문에 그랬는데, 금년 들어 겨우 마땅한 규
수감이 나타났구나 싶었더니, 이번에는 대신들이 반대를
한다니 어찌 이럴 수가! (잠시 후) 상감! 세자빈 간택문제도
그렇지만, 지금보다도 더 중대한 국가지대사가 발생했을

때, 국가의 장래를 위태롭게 하는 일이라도 반정공신들의
뜻이라면 따르시겠습니까?

인조　　글쎄…?

왕비　　글쎄라니요? 답답하십니다, 상감!

손상궁　　(급히 들어오며) 중전마마! 세자빈으로 간택된 윤씨댁 규슈
가 자진(自盡)을 했다 하옵니다!

인조&왕비　무엇이! 자진을…?

배경막에 목을 맨 윤방실의 모습이 실루엣으로 나타난다.

3막

1장

무대 중앙에 홍타시와 장수들이 서 있다. 그 뒤로 기병들이 배경
막 가까이 서 있다. 강홍립과 비연이 오른쪽에서 함께 등장한다.

홍타시 동방예의지국? 아니? 동방예의지국이라면서 이렇게 무례
할 수가 있나? 지난해 우리 아버지 누루하치 칸께서 서거
하셨을 때 조선에서는 조의사절(弔意使節)을 보내오지 않
았고, 내가 아버지의 뒤를 이어 칸의 자리에 올랐어도 조
선은 경축사절을 파견하지 않았으니, 이토록 부도(不道)하
고 무례한 나라가 또 어디 있단 말인가?

강홍립 모문룡이 가도(假島)에서 이리로 오는 길목을 지키고 있기
에….

홍타시 모문룡! 모문룡! 가도의 모문룡은 지난해 같은 명나라 장
수에게 살해당했소!

강홍립 모 장군이 살해를 당해요?

홍타시 그렇소! 우리를 대하는 조선국의 부도무례함도 용납할 수
없지만, 조선왕은 신하를 어떻게 생각하기에 신하가 우리

에게 와서 십년 가까이 있도록 안부조차 물어오지를 않는
단 말인가?

강홍립   ···.

홍타시   내가 이러한 조선을 응징하기 위해 군대를 파견할 터인즉
강 장군은 정벌군의 선봉장이 되시오!

강홍립   당치 않소이다! 내가 어찌 조국을 침범하는데 선봉을 설
수 있단 말입니까?

홍타시   장군이 귀국할 수 있는 유일한 방법이오!

강홍립   유일한 방법?

2장

어둠속에서 말발굽소리와 함성이 들린다.

소리   오랑캐다!
오랑캐가 처들어온다!
오랑캐가 강을 건넜다!

조명 들어오면 인조가 안절부절 하며 왔다 갔다 한다. 신하들이
부복해 있다.

인조   도··· 도대체 무슨 까닭으로 후금국이 아··· 압록강을 넘어

평화로운 우리 강토를 치… 침략한단 말인가?

신하1 전하! 경기도와 충청도의 병사들로 하여금 한성을 방어토록 하시옵고, 함경도의 별승군(別勝軍)을 평양으로 집결시키시어 평양성을 방어토록 하시옵소서!

신하2 중전마마와 세자마마 형제분을 적군의 손길이 미치지 않는 곳으로 몽진(蒙塵)을 시키셔야 할 것이옵니다!

인조 모… 몽진을 시키라니, 피… 피란을 가란 말인가? 이… 이것이 무슨 변고란 말인가?

신하들 황공무지로소이다!

3장

무대 오른쪽에 왕비와 소현세자가 마주앉아있고, 손 상궁이 옆에 서 있다.

왕비 별승군이 전멸 당했다는구나! 안주성이 무너지고, 평양성도 함락되었단다! 게다가 오랑캐군은 지리에도 밝아서, 취약한 곳과 지름길만 골라서 공격을 해 온다니, 세자는 한시바삐 전주(全州)로 피란하도록 해라!

소현 전주로요? 어마마마를 모시고 강화도로 가기로 되어있지 않습니까? 봉림대군과 함께요!

왕비 세자형제가 함께 있어서는 아니 되느니라! 함께 변을 당

34

한다면 왕통을 어찌 잇겠느냐? 그리고 전주에는 사고(史庫)가 있고, 전주이씨(全州李氏)의 본관이기도 하니, 내려가 보도록 해라!

소현   아바마마께서는요?

왕비   부자가 함께 있어서는 더더욱 아니 된다. 부자가 함께 변을 당한다면 종묘(宗廟)와 사직(社稷)이 어찌 되겠느냐?

소현   어마마마! (울음을 터뜨린다)

왕비   세자야! (끌어안고 운다)

손상궁   (눈물을 닦는다)

4장

배경막에 진눈깨비가 내린다. 왕비 일행의 달구지가 무대로 들어선다.

소리   왕비마마시다!
중전마마시다!
왕비마마!
중전마마!

왕비가 수레에서 내리면 군중소리가 잠잠해진다.

왕비 오! 여러분! 이괄이의 난이 났을 때에도 여기 마포나루를 여러분과 함께 건넜는데, 이번에는 오랑캐의 침략 때문에 또다시 강을 건너게 되었군요. 이렇게 진눈깨비를 맞으며 피란을 가야하는 여러분을 뵈오니, 왕비의 몸으로, 여러분에 대한 죄스러운 마음에, 어찌해야 좋을지 모르겠군요…!

소리 왕비마마! 저희 걱정은 마시고, 옥체 보중하십시오!

소리 옥체 보중하십시오!

왕비 고맙소!

아낙네 (소리) 왕비마마! 뜨거운 국입니다! 옥체가 풀리실 것이니, 좀 드셔보셔요.

호위병 가까이 오지 마라! (막는다)

왕비 막지마라! (대접을 받는다) 이렇게 고마울 수가! (마신다) 맛있구려! 추위에 언 몸이 풀리는 듯하구나!

군중 (환호하는 소리)

노 파 (소리) 중전마마! 두툼한 솜옷입니다! 가실 길이 아득한데, 거두어 주십시오!

왕비 고맙소! (받아서 입는다) 따뜻하기도 하지!

군중 (환호하는 소리)

왕비 (객석으로 내려선다)

군중 (소리) 왕비 마마 목도리이옵니다! 귀마개를 받으시옵소서! 장갑입니다!

왕비 오! 이렇게 많이…! (받는다. 뒤따라오는 일행에게 물품을 건넨다)

손 상궁!

손상궁 예, 중전마마!

왕비 오늘 받은 물품을 낱낱이 기록하고, 후일 이 물품을 보낸 백성들에게 일일이 포상하도록 하라!

손상궁 예!

왕비 자! 강을 건너자꾸나! (객석 뒤로 나간다)

군중 (소리) 왕비마마! 옥체 보중하십시오!

중전마마! 옥체 보중하십시오!

5장

무대 오른쪽에 인조가 서 있다. 신하들이 왼쪽에서 급히 들어온다.

신하1 전하! 적군의 선봉장이 강홍립이라 하옵니다!

인조 가… 강홍립이라면…?

신하2 강홍립은 광해군 당시 후금국의 침략을 받은 명나라를 지원하기 위해 파병된 우리 군의 5도도원수이옵니다!

인조 오! 5도도원수가 후… 후금국에 투항을 했다더니….

신하3 그렇사옵니다! 강홍립이 인솔해 간 이만 명의 병사들 중 일만 삼천 명이 후금국 팔기병에게 포로로 되었사온데, 강홍립의 투항 직후 전원 되돌아 왔사옵니다!

인조 그… 그동안 강홍립은 후금국에 잡혀있었단 말인가? 우…

우리 쪽에서 강홍립의 서… 석방을 요청하지 않았단 말이오?

신하1   광해군 당시의 일인데다가, 오랑캐에게 항복한 자라고 하여 석방요청은 고려된 바가 없사옵니다!

인조   고… 고려된 바가 없다?

신하2   더구나 강홍립은 후금국을 도와 대명전에 참전하여 전공까지 세운 것으로 밝혀졌사옵기에, 강홍립의 집은 환수했사옵고, 처자는 한성 밖으로 쫓아냈사옵니다!

인조   가… 강홍립의 처자까지 쫓아냈다니, 어… 어째서요?

신하3   삼백년간 지속되어 온 명나라와의 의리에 먹칠을 한, 불충한 자의 가족이옵기에…

인조   부… 불충한 자의 가족?

6장

무대 왼쪽에 있는 강홍립에게 병사 한 명이 강숙(姜璛)을 안내한다.

강숙   아버지!

강홍립   아버지라니? (다가가며) 그렇다면 네가…?

강숙   소자 숙입니다. 아버지! (큰절을 한다)

강홍립   숙아! (일으켜 끌어안는다) 몰라보게 컸구나! 네가 아홉 살이 되던 해에 내가 후금국으로 왔으니….

강숙　소자는 상감마마께서 보내신 봉명사신(奉命使臣)이 옳습니다.

강홍립　봉명사신?

강숙　여기 국서(國書)를 가져왔습니다.

강홍립　국서를? (무릎을 꿇고 두 손으로 국서를 받는다)

7장

무대 오른쪽에서 홍타시가 국서를 읽고 있다. 중앙에는 강홍립과 강숙이 장수들과 함께 서 있다.

홍타시　우리가 이유 없이 평화로운 강토를 침략했으니, 즉각 철수하라고? 우리가 이유 없이 왜 남의 나라를 공격하겠는가? 조선이 부도하고 무례할 뿐 아니라, 우리의 적인 명과 가까이 하는 것만으로도 응징의 대상이 되는 것이거늘! 국서 따위에 신경 쓸 것 없다! 공격하라! 임진강까지 밀어붙여라!

8장

진해루(鎭海樓)라는 현판이 걸려있고, 망대(望臺)에 수비군(守備

軍) 1과 2가 서 있다.

수비1	보이느니 바다, 보이느니 물뿐이로구나.
수비2	물은 물이로되 인물이로다, 봐라, 인물들이 많이 오셨다.
수비1	정말 그러네, 여기도 저기도….
수비2	인물 타령은 그만하고! 오랑캐가 임진강까지 밀고 내려왔다는데?
수비1	그렇다면 임진강에서 여기 강화도나 한양은 지척간인데, 놈들이 곧 들이닥쳐 이 진해루에 오랑캐의 깃발이 꽂히는 것이 아닐까?
수비2	어디 진해루 뿐이겠나? 여기 강화도 행궁(行宮) 전체가 오랑캐에게 짓밟힐지도 모를 일이지.
수비1	도대체 오랑캐가 왜 쳐들어 온 거야?
수비2	오랑캐 오랑캐 하니까 온 거지, 가랑캐 가랑캐 하면 오겠어?
수비1	그런가…? 헌데 명나라에서는 툭하면 우리한테 지원군을 보내라고 그러면서, 정작 우리가 당할 때는 왜 잠자코 있는 걸까?
수비2	지원군을 보낼 힘이나 있겠어? 명나라는 나라 이름 그대로 명이 다해 간다는데…
수비1	명나라는 밝을 명(明)자고, 명이 다한 건 목숨 명(命)자인데, 그 명자하고 그 명이 같으냐?
수비2	아따 이놈이 문자 쓰네? 그렇게 유식한 놈이 왜 만날 바닷

바람만 쐬고 서 있느냐?

수비1 양반의 씨가 아니라서 그렇다! 누군 서 있고 싶어서 서 있느냐? 에이! 이놈의 바다! 지겨운 놈의 바다! 아니…? 저기 웬 배가…?

수비2 배가? 오! 배가 바다를 건너오는구나!

수비1 저건 상감께서 타신 배다! 상감마마께서 강화도로 오신다!

수비2 어서 북을 울리세! 상감마마의 도착을 알리자고!

수비1과 2가 북을 두드린다.

9장

무대 왼쪽에서 인조일행이 등장 중앙으로 온다. 오른쪽에서 왕비 한씨와 봉림대군 그리고 손 상궁이 급히 등장한다.

신하들 중전마마! 대군마마!

인조 주… 중전!

왕비 어쩌자고 모두 이리로 오셨나요? 강화도로 다 오시면 어떻게 하나요? 처자들 걱정일랑 마시고, 오랑캐와 마음껏 싸우시라고, 자리를 피해 부녀자와 아이들만 이 섬으로 왔거늘, 어째서 뒤따라 오셨습니까?

인조 여… 여보! 중전!

왕비	상감! 한성을 떠나시며 발걸음이 떨어지십디까? 종묘와 사직을 뒤로하고, 발걸음이 떨어지셨습니까?
인조	주… 중전!
왕비	도성을 버리고 상감까지 섬 구석으로 도망을 오시면, 백성은 누구를 믿고 의지하리까? 오랑캐와 싸워 죽을지언정 어찌 백성 앞에서 도망하는 모습을 보이실 수가 있단 말입니까? 상감! 열성조(列聖朝)의 선영(先塋)에서 통곡소리가 들리리다! (심하게 기침을 하며 주저앉는다)
손상궁	중전마마!
봉림	어마마마!
인조	주… 중전!
신하들	중전마마!

10장

무대 오른쪽에 홍타시가 앉아있고, 옆에 비연이 서 있다. 왼쪽에 강홍립과 강숙 그리고 장수들이 서 있다.

장수1	강화를 공격하십시다! 공격해서 짓밟아버립시다!
장수들	짓밟아버립시다!
강홍립	공격보다는 화의를 성립시키는 것이 좋지 않겠소? 내가 가서 홍타시 칸의 조건을 제시하고 강화를 성사시키겠소.

홍타시   강 장군이 직접 말이오?

비연   그건 안 돼요! 갔다가 돌아오지 않으면 어떻게 해?

강홍립   그렇다면 내 아들 숙을 두고 가리다! 내 아들을 대신 잡아
        두시오!

장수들   아드님을? 그게 좋겠군!

홍타시   아니야! 강 장군. 아드님과 함께 가시오. 가서 화의를 성사
        시키시오.

비연   오라버니!

11장

무대 중앙에 인조가 서 있고, 그 앞에 신하들이 부복하고 있다.

신하1   전하! 후금국의 강화조건을 가지고 강홍립이 왔사옵니다!
        인견(引見)하시옵소서!

소리   (웅성거린다)

신하2   전하! 강홍립을 인견하셔서는 아니 되시옵니다! 강홍립은
        오랑캐에게 항복을 하고도 비루하게 목숨을 부지하고 있
        던 자이옵니다!

신하3   그렇사옵니다 전하! 오랑캐 군을 도와 대명전에 참전함으
        로써 우리와 삼백년이나 지속되어 온 명나라와의 친교에
        먹칠을 한 자이옵니다! 그러한 강홍립을 인견하심은 불가

하온 줄로 아뢰오.

신하2 전하! 강홍립은 오랑캐 군의 선봉이 되어 우리의 강토를 유린하는데 앞장을 선 자이옵니다! 그러한 역적을 어찌 인견하실 수가 있사옵니까?

신하3 전하! 역적 강홍립의 목을 베시어 명나라의 체면을 세워 주셔야 할 것이옵니다!

신하1 전하! 역적인지 아닌지는 강홍립을 인견하신 후에 결정하실 일이옵니다! 중요한 것은 홍타시의 강화조건이옵고, 그것을 누가 전하려 왔는가가 아니옵기에, 강화조건을 갖고 온 자를 인견하심은 불가하온 것이 아닌 줄로 아옵니다. 하오니 전하께서는 강홍립을 인견하시옵소서!

인조 그… 그렇게 하리다! 가… 강홍립을 들라 이르라!

소리 강홍립을 들라 이르랍신다.

갑옷차림의 강홍립, 투구를 벗고 들어와 인조 앞에 무릎을 꿇는다.

강홍립 (목이 메어) 주상전하! 신(臣) 5도도원수 강홍립, 후금국에 억류된 지 십년, 이제야 귀환해 주상전하의 용안을 뵙사옵니다! (절한다)

인조 가… 강 장군! 고… 고생이 마… 많았소!

강홍립 예? 전하! 전하의 옥음이 어째서 그렇게…? (쳐다본다) 아니…? 전하! 전하의 모습이 어떻게…? 음? 그대는 능양(綾陽)! 바보 능양군이 아닌가?

소리	무엄하오! 감히 전하 앞에서 어찌 그런 말을…?
인조	마… 맞소! 내… 내가 바로 능양군이오.
강홍립	능양군이 어째서 용상에…?
신하2	폭군 광해군을 몰아내고, 왕위를 계승하신 거요!
강홍립	폭군 광해라니? 반정을 했단 말인가? 이럴 수가! 세상천지에 어찌 이런 일이? 더군다나 현군을 몰아내고 바보를 옥좌에…?
신하3	닥치시오! 상감 존전에서 어찌 감히…?
강홍립	상감 존전이라니…? 상감 존전?
신하1	강 장군! 진정하시오! 무엄하오!
강홍립	내가 어떻게 진정할 수가 있겠소? 어떻게 진정하느냐구요? (울부짖다가 차츰 진정한다)
인조	그… 그만 진정하시오! 가… 강 장군! 후금국에서 제시한 강화의 조건이 무엇인지 말씀하시오!
강홍립	예? 이럴 수가! (품에서 두루마리를 꺼내놓는다) 여기 있소이다.
인조	(신하 1에게) 이… 읽어보시오.
신하1	(다가가 두루마리를 집어서 제자리로 돌아와 읽는다) 조선왕은 청람(淸覽)하시오! 나 홍타시 칸의 후금국은 명나라와 마찬가지로 조선의 인접국임에도 불구하고, 조선은 명나라와의 선린우호관계에만 치중하고 우리 후금국과는 국교의 수립조차 외면하고 있을 뿐 아니라….
소리	(웅성거린다)
신하1	조선은 우리와 명나라와의 싸움에 관여하여 지원군을 명

나라로 파견하는 등, 나 홍타시 칸으로서 용서할 수 없는 조처를 취하였고….

소리　(웅성댄다)

신하1　또한 나의 아버지 누루하치 칸께서 승하하셨을 때, 조선은 조문사절은커녕 여하한 애도(哀悼)의 뜻 하나 표명함이 없어, 동방예의지국이라는 귀국의 성화(聲華)를 무색하게 했고, 나 홍타시가 부왕의 뒤를 이어 새로운 칸의 자리에 올랐음에도, 조선은 경축사절은 고사하고라도 어떠한 축하의 표시 하나 전해옴이 없이, 나 홍타시 칸으로서 도저히 묵과할 수 없는 조처를 취하였기에, 내가 이러한 조선의 부도 무례한 처사를 응징하기 위해 징벌 군을 파견한 것인즉, 조선왕은 깊이 뉘우치고, 나 홍타시 칸이 제시하는 다음의 조건을 수락함으로써, 강화에 응하기 바라오!

소리　(웅성거린다)

신하1　첫째, 조선은 명나라와의 국교를 단절할 것!

소리　(더욱 웅성댄다)

신하1　둘째, 조선은 무명 사만 필, 조 사천 말, 명주와 삼베 각 사천 필을 우리에게 공여할 것.

소리　(웅성거림이 커진다)

신하1　셋째, 조선은 세자와 대군을 후금국에 인질로 보낼 것!

인조　이… 인질로?

소리　인질로?

신하2　전하! 삼백년 동안 지속되어 온 명나라와의 국교를 하루

아침에 단절할 수는 없사옵니다!

신하3　전하! 후금국이 요구한 곡물과 포목은 우리나라 한해 농사의 백분의 일 정도이오나, 그 양이 엄청나 그만큼 우리 백성들이 헐벗고 굶주리게 될 것이옵니다!

인조　세… 세 번째 조건도 과… 과인이 수락하기가 어렵구려! 어… 어찌 세자와 대군을 이… 인질로 보내겠소?

신하2　전하! 후금국은 우리가 수락할 수 없는 조건을 제시함으로써 저들의 침략을 정당화시키려는 술책을 부리는 것이옵니다! 조건을 수락할 수 없음을 저들에게 통고하소서!

소리　조건을 수락할 수 없음을 저들에게 통고하소서!

강홍립　강홍립이 감히 한 말씀 사뢰리다! 금년 정묘년(丁卯年) 들어 발발한 호란(胡亂)은 우리 조선이 삼백년 동안 조공을 바치며 명나라만을 종주국(宗主國)인양 떠받들었을 뿐 신생 후금국을 소홀히 대한 것에 원인이 있소이다! 비록 후금국이 여진족에서 발흥되었고, 팔기병의 막강한 전력으로 다른 나라를 침공하고는 있으나, 그네들 나름대로의 이유와 명분이 있고, 함부로 침공하는 일은 없습니다! 강화의 조건으로 후금국이 제시한 우리나라 한해 농사의 백분의 일에 해당하는 곡식의 양일지라도, 저들의 요구대로 보내면 후금도 그 답례로 저들이 보유하고 있는 모피와 양곡을 제공할 터인즉 별문제가 없을 것으로 사료됩니다! 또한 세자와 대군을 저들에게 보내면, 후금도 예를 갖추어 대접할지언정 일국의 왕자들을 소홀히 대하지 않을 것임을, 십년동안 저들과 함께한 제 경험에 비추어, 자신 있게 얘기할 수 있소이다! 그러니 조정에서는 조건을 수락하고, 화의에 응하는 것이 마땅하리다!

소리　(웅성거린다)

신하2　전하! 명시되지 않은 언질만으로 조건을 수락할 수는 없사옵니다!

신하3　그렇사옵니다, 전하! 그럴만한 예의를 갖춘 나라라면, 우리 강토를 침략하지도 않았을 것이옵니다! 전하! 조건을 수락해서는 아니 되시옵니다!

소리　조건을 수락해서는 아니 되시옵니다 전하!

인조　허허… 어쩔고…?

12장

노발대발하고 있는 홍타시.

홍타시　왕바탄! 임진강을 건너서 한양을 쑥밭을 만들어버릴 테다! 진군하라! 일진은 한양으로! 일진은 강화도로!

함성이 일고, 말굽소리가 들린다.

13장

무대 왼쪽에서 왕비와 이 씨 부인이 손 상궁의 얘기를 듣고 있다.

손상궁　　온 장안이 불길에 쌓여있고, 오랑캐 군이 노략질은 물론 부녀자들까지 욕보이고…!

왕비　　나라가 망하는구나! 나라가 망해! (기침을 하며 피를 토한다)

이씨&손상궁　중전마마!

14장

무대 중앙에 제물을 갖추어 놓고 집전관(執典官)이 앞에 서 있다. 왼쪽에는 흑포대(黑布帶)로 단장한 인조와 신하들이 서 있고, 오른쪽에는 홍타시를 위시한 후금국 장수들이 서 있다. 봉림대군의 모습도 보인다.

집전관　　분향(焚香) −

인조　　(다가가 분향한다)

집전관　　고천(告天) −

인조　　조… 조선국왕은 저… 정묘년 가… 갑진월(甲辰月) 겨… 경오일(庚午日)에 부… 분향하고, 하… 하늘에 고하노라…!

집전관　　바이(拜) −

인조   (절한다)

집전관   국왕서문(國王誓文) ‒

인조   조… 조선국왕은 오늘로써 후… 후금국과 강화하고, 다…
다음의 약정을 주… 준수할 것을 서… 서약하노라 ‒

신하들   (울먹이며) 황공무지로소이다 전하!

4막

1장

무대 오른쪽에는 홍타시가, 왼쪽에는 비연이 서서 무대중앙에 있는 강홍립을 바라본다.

홍타시 우리는 돌아가오! 장군을 두고 떠나는 것이 마치 적지에 아군을 버려두고 떠나는 것 같은 심정이오!

비연 장군! 우리와 함께 떠나요! 조선조정에서는 장군을 역적으로 만들어놓고, 처형해야 한다고 했다는데, 무엇 때문에 여기에 남으려고 그러세요? 함께 돌아가셔서 우리 오라버니와 중원(中原)을 평정하세요!

강홍립 아니오! 두 분의 뜻은 고맙지만 돌아가지 않겠소! 무슨 소리를 듣건 무슨 일을 당하건, 이 땅에 남겠소이다!

비연 장군!

홍타시 비연아! 그만 권하거라! 장군은 부인과 아드님 곁으로 돌아가려고 그러는 것이다! 십년 동안이나 헤어져 있었으니, 서로 얼마나 그리웠겠느냐?

비연 저는요? 오라버니! 이 비연도 십년을 장군과 살았어요!

홍타시 네가 참아야 한다! 비연아! 이번에는 네가 참아라!

비연 내가 왜 참아? 싫어! 안 돼!

강홍립 공주! 내 곁에 남구려! 돌아가지 말고, 내 곁에서 우리 가족과 함께 삽시다!

홍타시 장군! 표범이나 승냥이더러 울안에 살라고 하면 제대로 살겠소? 비연은 야생마와 같아서 울안에 갇혀서는 살 수가 없다는 것을 장군도 잘 알지 않소이까?

비연 왜 못 살아? 나는 비연이지 야생마가 아니야! 들짐승도 아니고!

홍타시 물론 아니지! 하지만 너나 이 오라비는 말 등에서 살다가 말 등에서 죽어야 한다! 그것이 우리의 운명이다! 우리 아버지 누루하치 칸의 뜻대로 천하를 평정할 때까지는 말이다! 비연아 자 – 떠나자!

비연 오라버니!

홍타시 어서!

비연 강 장군! 그럼….

홍타시와 비연 나간다.

강홍립 비연-!

2장

무대 왼쪽에서 강홍립이 강숙 내외의 절을 받는다. 홍 씨가 손자 식(湜)을 안고 옆에서 본다. 강숙 내외가 옆으로 앉으면 홍 씨가 식을 강홍립에게 보인다.

강홍립 (안으며) 잘 생겼다! 이름은?

강숙 맑을 식자 식입니다.

강홍립 강 식? 좋군! 허허허… 이 할아비가 십년 만에 웃는구나! 허허허….

가족들 하하하….

강숙의 처가 조촐한 술상을 차려서 들고 들어온다. 손자를 홍 씨에게 주는 강홍립.

강숙 약주 한잔 올리겠습니다.

강홍립 그러지. (잔을 든다)

강숙 (따른다)

강홍립 (술잔을 입에 대려다가 내려놓으며) 폐주(廢主)께서는 지금 어디 계시느냐?

강숙 광해군 말씀입니까? 강화도에 유배(流配)되어 계셨다가 근자에 제주도로 이배(移配)되셨다는 소문을 들었습니다.

강홍립 제주도로? (일어선다)

홍씨	왜 일어나세요?
강홍립	좀 다녀오리다.
홍씨	어디를 가시게요?
강홍립	제주도로….
가 족	제주도로요?

3장

무대 왼쪽에 꿇어앉은 강홍립이 무대 오른쪽에 앉아있는 광해군을 바라본다.

강홍립	주상전하! 신 강홍립을 죽여주시옵소서! 전하를 제대로 보필해 드리지 못하옵고, 이 지경에 이르시도록 만든 죄, 죽어 마땅하오이다!
광해군	당치않은 소리! 강 장군을 왜…?
강홍립	도대체 이것이 어찌된 일이옵니까? 어쩌다 이 궁벽하고 외딴 섬에 머물러 계시옵니까?
광해군	다 나의 잘못이라오! 내가 임금으로서의 덕망과 자질이 부족해서 그런 거요.
강홍립	자질이 부족하시다니요? 명나라나 후금국, 어느 한 나라에 치우치시지 않으시고, 고른 외교를 펼치시던 현군이시온데….

광해군 장군이 그런 평을 해주다니 고맙구려! 하지만 나는 현군이 아니오. 아니기에 임금의 자리에서 쫓겨났지. 현군은커녕 모두들 내게 폭군이라 부를 것이오.

강홍립 폭군이라니오? 가당치 않사옵니다. 현재의 상감에 비해서도 월등하신….

광해군 쉿! 그쯤 해두시오. 그래 장군께서는 어쩐 일로 바다 뱃길 팔백 리를 파도를 헤치고 찾아오셨소?

강홍립 소신의 누명(陋名)을 벗겨 주십사고 찾아왔사오나, 주상전하를 뵈오니 참담한 심정에 어떤 말씀이나 위로를 해 드려야 하올지 모르겠사옵니다.

광해군 누명을 벗겨달라니…? 무슨 누명을 말이오?

강홍립 명나라를 지원하기 위해 파병된 조선군의 5도도원수로서 후금국에 투항했다는….

광해군 투항은 무슨…? 장군이 후금에 남아있지 않았다면, 이만 명의 우리 병사들이 무사히 귀환할 수 있었겠소? 내가 원했던 대로 된 일이거늘… 당시에 내가 누루하치 칸에게 감사를 표하고, 장군의 방면도 요청하려 했었는데, 반정이 일어나 그만… 그러고 보니, 십년 가까이 억류되어 있었겠구려? 얼마나 고생이 심했을까?

강홍립 신이 무슨 고생을… 망극하옵니다 전하!

광해군 자꾸 전하, 전하, 부르지 마시오. 상감께서 엄연히 계시는데… 강 장군! 내가 방환(放還)이 된다면, 장군의 누명부터 벗겨드리리다.

강홍립   황공무지로소이다! 하오나 소신은 누명 벗기를 바라지 않
         겠사옵니다! 차라리 전하께서 복위되실 수 있도록….

광해군   쉿! 큰일 날 소리를! 내가 원하거나 바라지도 않는 일이
         거늘… 내가 장군에게만 말하리다. 내가 궁벽하고 척박한
         바닷가 외딴섬에 유폐되어 있다고 해서, 사람들이 나를
         비참하게 생각하는 모양이오만, 사실 나로서는 모처럼 임
         금의 자리라는 중압감에서 벗어나 나 자신만의 시간을 영
         위하고 있기에 오히려 다행스럽게 생각하고 있소이다.

강홍립   예?

광해군   그러니 장군께서는 조금도 내 걱정은 하지 마시고, 안심
         하고 돌아가시오.

강홍립   그럴 리가…? 전하! 그럴 리가…?

광해군   자꾸 전하! 전하! 부르지 말라니까! 하늘에 두 개의 태양
         이 없듯이 이 땅에도 두 사람의 상감은 있을 수 없는 법!
         절대 그런 호칭을 해서는 아니 되오!

강홍립   하오나….

광해군   돌아가시오! 내게 마지막으로 남은 한 가닥의 안락함마저
         빼앗으려 들지 마시오!

강홍립   빼앗다니요? 천부당만부당한 말씀이시옵니다!

광해군   돌아가시오! 나를 내버려두고 어서요! (일어나 퇴장한다)

강홍립   주상전하!

4장

무대 오른쪽에 인조와 왕비 한씨, 소현세자와 봉림대군이 앉아있다. 승평만세지곡이 연주된다.

소현   평생 장가가지 않으려 했는데….

왕비   그게 무슨 소리냐? 백성들이 원하고 종실에서도 바라는 일이거늘!

소현   그래도 소자는 아니 가는 편이 훨씬 좋습니다.

왕비   윤씨댁 규수의 일을 잊지 못해서 그러느냐?

소현   그렇기도 하구요.

왕비   네 이놈! 대장부가 지난 일에 연연해서 장가를 아니 간다고?

인조   주… 중전!

왕비   가정을 잘 다스린 후에야, 나라를 다스릴 수 있다는 대학의 글귀를 잊었느냐? 가정조차 이루지 못 한다면, 네 놈이 어찌 나라를…? (기침을 심하게 한다)

소현&봉림   어마마마!

인조   중전!

도제조   (무대 왼쪽 객석 가까운 곳에 등장한다) 그럼 삼간택에 오르신 규수 분을 발표하겠습니다!

승평만세지곡의 연주소리가 중단된다.

도제조 경주 김씨댁 규수 김꽃향 –
     인동 장씨댁 규수 장들쑥 –
     금천 강씨댁 규수 강하늘 –

환호소리와 함께 세 명의 규수가 무대 중앙에 차례로 등장 객석을
향해 큰절을 한다. 서로의 모습을 바라보는 세 규수.
도제조가 소반을 들고 인조 앞으로 가서 내려놓는다. 인조가 붓으
로 낙점을 한다. 도제조 물러나와 선지를 집어든다. 연주소리가 멈
춘다.

도제조 금천 강씨댁 규수 강하늘 아기씨께서 소현세자 빈으로 간
     택되셨습니다!

연주소리가 높아진다. 강하늘이 두 규수를 끌어안는다. 두 규수가
무대에서 내려가면, 강하늘이 객석을 향해 공손히 절한다.

5장

무대 오른쪽에 앉아있는 왕비에게 약을 권하는 손 상궁.

왕비 (약그릇을 내리고) 손 상궁! 세자가 혼례를 치룬지 일 년이 지
     났는데, 어째서 세자빈에게 태기가 없다는 게냐?

손상궁	하늘을 봐야 별을 딸 게 아니겠습니까?
왕비	그게 무슨 소리냐?
손상궁	동궁마마께서 세자빈을 가까이 하지 않으신다고….
왕비	가까이 하지 않는다니?
손상궁	글쎄 함께 잠자리에 드시지를 않으신다 하옵니다.
왕비	무엇이? 그럴 리가…? 손 상궁은 그것을 어떻게 알았느냐?
손상궁	동궁의 나인들은 다 아는 일입니다.
왕비	이런 고이한! 동침을 안 하다니? 세자를 들라 이르라!
손상궁	고정하시옵소서! 옥체에 해롭사옵니다!
왕비	어서!
손상궁	(나간다)
왕비	(심한 기침을 한다. 약을 마저 마신다)
소현	부르셨습니까, 어마마마?
왕비	게 앉거라! 도대체 세자빈에게 어떻게 대하고 있는 거냐?
소현	….
왕비	세자빈을 학대한다는 것이 사실이냐?
소현	….
왕비	네 이놈! 부모가 정해준 조강지처를 학대하다니, 네놈이 온전한 정신을 가진 놈이냐? (심한 기침과 함께 피를 토한다)
소현	어마마마!
손상궁	중전마마!
소현	어마마마! 고정하시옵소서! 소자 다시는 제 처에게 그러

지 않겠사옵니다!

한비   약속할 수 있겠느냐?

소현   약속합니다! (손 상궁에게) 어서 전의(殿醫)를!

왕비   괜찮다! 부를 것 없느니라!

손상궁   중전마마!

6장

무대 왼쪽에서 세자빈 강 씨가 수를 놓고 있다. 소현세자가 등장 해서 강하늘을 노려보며 다가간다. 강하늘을 거칠게 끌어안는 소 현세자. 거의 강제로 옷을 벗긴다. 경악하는 강하늘을 자리에 쓰러 뜨리고, 몸 위로 올라가는 소현세자.

강하늘   아…!

7장

무대 오른쪽에 왕비가 누워있고, 소현세자와 세자빈, 이씨 부인과 손 상궁이 지켜본다. 전의가 부복해 있다. 인조와 봉림대군이 급히 들어온다. 일어서서 비켜서는 사람들.

인조	위… 위독하신가?
전의	최선을 다 했사오나….
인조	(다가앉으며) 주… 중전!
왕비	(힘없이) 상감….
인조	오! 조… 조선에는 화타(華陀)나 펴… 편작(扁鵲) 같은 의인이 없단 말인가? 주… 중전을 쾌유시킬 시… 신약이나 처방이 없단 말이냐?
왕비	(고개를 옆으로 떨어뜨린다)
인조	주… 중전!
소현&봉림	어마마마!
이씨&손상궁	중전마마!
소리	중전마마께서 승하하셨다__!
	왕비마마께서 서거하셨다__!
	중전마마께서 훙서하셨다__!

종소리가 장엄하게 계속 울린다.

5막

1장

무대 좌우에 팔기병이 도열해 있고, 중앙에는 비연과 장수들이 서 있다. 홍타시가 무대 중앙으로 온다.

일동 황제폐하! 황제폐하! 황제폐하!

홍타시 (손을 들어 제지한다) 짐이 병자년(丙子年) 새해 벽두에 후금국이라는 국호를 대청(大淸)이라 개칭(改稱)하고, 조선에 짐을 황제로 추대하는 국서를 보내오도록 요청했는데, 조선은 명나라만이 유일한 천자라며, 짐의 요청을 거절했다! 명나라가 머지않아 우리 청나라의 지배하에 들어오리라는 것이 명약관화(明若觀火)한 일임에도 불구하고, 조선은 이를 깨닫지 못할 뿐 아니라, 지난번 조선왕비의 국상이 있었을 때, 조선왕은 삼십 명도 아니 되는 명나라 사절만 접견하고, 백여 명에 이르는 우리의 사절은 접견을 거절하고 그대로 돌려보냈노라! 짐은 이러한 조선의 오만불손하고 무례한 태도를 용납할 수 없어 응징하고자 하니, 제군들은 짐을 따라 출정하기 바라노라!

병사들 황제폐하! 황제폐하! 황제폐하!

2장

무대 왼쪽 객석 가까이에 인조가 등장한다.

인조 벼…병자년 들어 호란이 재… 재차 발발했으니, 어… 어찌해야 좋을고? 이… 이런 때 중전이라도 있다면 무… 물어라도 보련만… 아! 중전! 중전! 중전!

왕비 (수의(囚衣)를 입고 무대 오른쪽에서 등장) 상감!

인조 오! 주… 중전! 내가 어… 어찌해야 좋겠소?

왕비 상감께서는 이토록 다급한 상황인데도 계속 말씀을 더듬으실 작정이십니까? 국가존망지추(國家存亡之秋)에도 여전히 말씀을 더듬으시겠습니까?

인조 중전! 내 말을 더듬지 않으리다!

왕비 약속하실 수 있겠습니까?

인조 약속하리다!

한비 고맙습니다 상감! 우선 방방곡곡에 방(榜)을 붙여, 병사들은 물론 충의지사(忠義之士)나 선비들을 포함한 전체백성이 분연(奮然)히 일어나, 오랑캐 군에게 대항토록 하셔야 하옵니다!

인조 전체백성이 다…?

왕비 그것이 여의치 않을 경우에는 두 번째로 남한산성(南漢山城)과 같은 높은 지대의 요새(要塞)에서 전쟁을 길게 끌도록 하셔야 될 것이옵니다!

인조 남한산성에서 장기전을…?

왕비 이 두 가지만 여쭙고 저는 물러가옵니다! 부디 옥체 보중하시옵소서! (퇴장한다)

인조 중전! 중전! (뒤따라 가다가 주저앉는다) 오! 이것이 꿈이냐, 생시냐?

3장

무대 중앙에 인조가 서 있다.

인조 조선팔도의 충의지사(忠義之士)는 들을지어다! 후금국 오랑캐들이 천자의 나라가 되겠다며 국호를 청이라 고치고, 오랑캐의 수괴(首魁) 홍타시를 황제로 추대하라는 국서를 보내왔으나, 조정에서는 이를 단호히 거절하고 사신을 그대로 돌려보냈노라! 이러한 우리의 처사는 공명정대(公明正大)하고 의리에 입각한 것임에도 불구하고, 후금국 오랑캐들은 이것을 트집 잡아 또다시 호란(胡亂)을 일으켜 우리의 강토를 침략해 왔으니, 지혜로운 선비나 용기 있는 백성들은 분연히 일어나 오랑캐 군에게 대항해 주기 바라노라!

군중들의 함성이 들린다.

4장

무대 왼쪽에 강홍립과 홍 씨, 며느리와 손자가 있다. 강숙이 오른쪽에서 뛰어 들어온다.

강숙 아버지! 상감께서 남한산성으로 몽진을 하셨다고 합니다!

강홍립 남한산성으로 피란을 해?

강숙 우리 병사들이 팔기병의 전술을 당할 수가 없어, 산성으로 들어가 마지막 수비를 하고 있습니다만, 수비도 허술해 나라의 운명이 풍전등화(風前燈火) 같이 되어가고 있습니다!

강홍립 나라의 운명이 풍전등화 같다고?

강숙 아버지! 어찌해야 좋겠습니까?

강홍립 (일어서며) 숙아! 힘세고 날쌘 장정들을 모을 수 있겠느냐?

강숙 구해보겠습니다!

강홍립 여보! 내 칼과 갑옷을 주오.

홍씨 여보!

5장

수어장대(守禦將臺)라는 현판이 걸려있고, 그 앞에 인조가 서 있다. 신하들이 들어와 부복한다.

신하1 전하! 산성으로 접근하는 오랑캐 군이 소속을 알 수 없는 한 무리의 병사들에 의해 차단되고 있사옵니다!

신하2 병사들은 오랑캐 군을 좌충우돌 공격하여 팔기병의 전술을 무력화시키고 있사옵니다.

신하3 그 병사들은 야간에도 오랑캐 군을 기습 공격해 전과를 올리고 있다 하옵니다!

인조 도대체 그 용맹한 병사들이 누군고? 누가 그 병사들을 지휘한단 말인가?

신하 확실하지는 않사오나, 전 5도도원수 강홍립인 듯하옵니다!

인조 5도도원수 강홍립?

6장

배경막에 수많은 별이 보인다. 무대 양쪽에 횃불이 밝혀져 있다. 비파 소리에 맞춰 무희들이 요염한 모습으로 춤춘다. 장수들이 앉아있다.

소리   야습이다! 조선군이 왔다! 조선군의 야습이다!

흑색착의(黑色着衣)를 한 병사들이 무대로 뛰어오른다. 무희들이 비명을 지르며 한쪽으로 물러선다. 병사들이 장수들에게 달려든다. 장수들이 힘없이 쓰러진다.

병사1   속았다! 허수아비다!
병사2   함정이다! 함정에 빠졌다!
병사3   어서 피해라! 도망하자!
소리   으하하하! 꼼짝마라!

청나라 병사들이 활을 겨누며 조선병사들을 에워싼다. 조선병사들의 무기를 빼앗고, 결박해 꿇어앉힌다. 홍타시와 장수들이 등장한다.

홍타시   으하하하! 잡았구나! 우리 팔기병의 전술을 미리 알고, 종횡무진으로 공격을 가해올 뿐 아니라, 야간에도 우리를 기습 공격하는 장수가 조선 땅에 한 사람밖에 더 있는가? 그래서 그를 잡으려고 덫을 놓은 거다! 자, 강 장군! 어느 쪽에 꿇어앉아 있는가? 짐 앞으로 나오라. 어서! 왜? 부끄러운 모양이지? 으하하하!
장수들   하하하!
홍타시   모두 복면을 벗겨라!

병사들 (조선병사들의 얼굴 가린 천을 벗긴다)

장수들 아니…?

홍타시 없지 않은가? 강홍립이 없어! 에잇! 포로들을 데려다 가두도록!

장수들과 병사들이 조선병사들을 끌고 나간다. 무희들도 뒤따라 나간다.

홍타시 강홍립이 아니란 말인가? 그렇다면 누가…?

소리 나를 찾았소?

칼과 방패를 든 강홍립이 등장한다.

홍타시 강홍립?

강홍립 그렇소, 홍타시 칸!

홍타시 칸이 아니야! 황제폐하라고 부르도록!

강홍립 황제폐하? 그런 칭호가 합당하다고 생각하시오?

홍타시 암! 합당하고말고! 짐의 나라는 지금 하늘을 찌를 듯 성장하는 나무라 할 수 있고, 대륙을 온통 뒤덮을 기세로 뻗어가는 덤불이라고도 할 수 있으니까! 명나라가 늙고 병들어 죽어가는 나무라고 한다면, 짐의 청나라는 중원(中原) 전체에 커다란 그림자를 드리울 아름드리나무로 성장하고 있다는 것을 장군도 알 텐데…?

강홍립	잘 아오!
홍타시	조선왕도?
강홍립	아실 거외다!
홍타시	그것을 안다면 어째서 조선왕은 다 쓰러져가는 명나라를 황제의 나라로 섬긴단 말인가?
강홍립	홍타시 칸!
홍타시	황제폐하라고 부르라니까!
강홍립	나라마다 흥망성쇠가 있는 법이오! 명나라가 날로 쇠하여 가듯 청나라 역시 언젠가는 쇠하여 갈 것이외다! 명나라가 쇠하였다고 하여 삼백년간 지속된 의리를 끊으라는 것은, 청나라가 쇠하였을 때 같을 짓을 되풀이 하라는 것과 마찬가지이거늘, 황제폐하라는 호칭을 바라는 인물이 어째서 변방 오랑캐들이나 할 짓을 조선에 요구하는 것이오?
홍타시	무엇이? 변방 오랑캐나 할 짓?
강홍립	그렇지 않고서야 하늘에 태양이 서쪽으로 기울었다고 해서, 달이나 별을 태양이라 호칭하란다고, 달과 별이 태양이 되겠소이까? 변방 오랑캐의 수괴(首魁)가 일시 득세했다고 하여 황제를 참칭(僭稱)한다면, 그것이 합당한 도리이겠소이까?
홍타시	뭐라고? 변방 오랑캐의 수괴가 황제를 참칭한다고? 에잇! 용서할 수 없다! 칼을 받아라! (내리친다)
강홍립	(받아치며) 기다리고 있었소!

두 사람 격렬하게 싸운다. 장수들이 비연과 함께 달려 나온다. 강
홍립이 홍타시의 칼을 쳐서 떨어뜨린다. 홍타시에게 칼을 겨누고
다가가는 강홍립.

홍타시   찌르거라!

강홍립   ….

홍타시   무얼 주저하는가?

장수들이 달려들어 강홍립을 공격한다. 강홍립이 싸우다가 중과부
적(衆寡不敵)으로 칼에 찔려 주저앉는다. 장수들이 다시 찌르려는
데 비연이 가로막는다.

비연   안 돼! 죽이지 말아요!

장수1   비키시오! 죽여야 하오!

장수2   우리의 적입니다!

비연   우리의 적이라구요? 이분이? 우리와 함께 십년 동안 명나
라와 싸웠고, 싸움마다 승리로 이끌어준 장수였는데?

장수3   지금은 적입니다! 죽여야 합니다!

비연   그래도 안 돼! 이분은 나의… 나의….

홍타시   물러 서거라!

장수들   (비켜선다)

홍타시   (칼을 집어 들고 다가가며) 장군! 장수가 칼을 겨누었으면 찌
를 것이지 왜…? 비연이 말대로 대명전에서 십년 동안 고

락을 같이 한 동지이자 전우였기 때문인가?

강홍립   아니오! 실수였소! 후회하고 있소이다! 그러니 어서 죽여 주시오!

비연   장군!

홍타시   죽이는 건 어렵지 않지!

비연   오라버니!

홍타시   헌데… 장군 같은 인물이 어째서 두 임금을 섬기게 되었는가? 충신은 불사이군이거늘….

강홍립   두 임금을 섬긴 것이 아니오! 조선을 위해 싸운 거요! 어서 죽이시오!

홍타시   소원대로 해 주마! 에잇! (칼로 내려친다)

비연   악! (울부짖으며) 오라버니! 장군!

강홍립   (미동도 않고, 자세에 흐트러짐이 없다)

비연   아니? 오라버니…!

홍타시   내가 졌다! 진정한 장수로다! (드려다 보며) 피를 많이 흘렸구나! (비연에게) 막사로 데려가 치료해 드려라!

비연   고맙습니다, 오라버니! (강홍립을 부축한다)

홍타시   (장수들에게) 전군을 깨워 집합시켜라! 조선군이 상상도 못할 이 꼭두새벽에 남한산성을 공격하자! 전군 집합!

장수들   집합시킨 지 오랩니다, 황제폐하!

홍타시   됐다! 공격명령을 하달하라! 공격개시!

장수들   공격!

함성과 말굽소리가 천지를 진동한다.

7장

중앙에 제단을 차려놓았다. 무대 오른쪽에 홍타시가 높이 앉아있고, 장수들이 뒤에 버티고 서 있다. 무대 왼쪽 객석 가까이에 인조가 세자형제의 부축을 받고 서 있고, 조금 떨어져서 신하들이 서 있다. 진눈깨비가 내리기 시작한다.

집전관   (제단 앞에서) 조선왕은 계하(階下)에 엎드려 대청국 황제폐하께 삼배 구고두(三拜九叩頭)의 예를 올리시오__

인조   (세자형제의 부축을 물리치고 홍타시 앞으로 나아간다)

신하들   전하! 가시지 마옵소서! 차라리 모두 죽음을 택하는 것이 떳떳하오이다!

인조   (걸음을 멈추고) 이 나라 삼천리강토에 다시는 이러한 욕된 일이 되풀이 되어서는 아니 되겠다는 과인의 뜻을 알리기 위해서요! 미리 나라 밖의 정세를 살피고 국력을 기르도록 힘써야 했는데, 그저 집안 싸움에만 정신이 쏠린 나머지 이러한 결과가…! 경들은 과인이 어떤 수모를 겪는지를 반드시 역사에 남겨야 하오! (다시 걸어간다)

신하들   전하!

8장

백발을 흩날리며 강둑에 앉은 홍 씨 앞에 강식이 무릎을 꿇고 앉아있다.

홍씨   나라가 위급할 때 목숨을 초개(草芥)처럼 버릴 각오로 죽음을 무릅쓰고 오랑캐 군과 맞서 싸운 네 할아버지를….

강식   할머니!

강숙 내외가 등장, 이 광경을 지켜본다.

홍씨   비록 오랑캐 땅에 끌려가 계시다고는 하나, 언젠가는 네 할아버지께서 인질로 가 계시는 세자마마 형제분을 모시고 꼭 돌아오시리라 이 할미가 믿기에, 해마다 한강물이 녹기 시작하는 정월 스무날, 바로 네 할아버지 생신날마다 살얼음을 깨고, 이렇게 명주실을 풀어 강물에 흘려보내기를 십년이나 계속하며, 네 할아버지의 무사귀환을 빌었거늘….

승평만세지곡이 연주되면서 눈이 내리기 시작한다.

강식   (나뭇단에서 회초리 감을 꺼내 홍 씨 앞에 놓는다) 제가 잘못했습니다! 때려주세요!

홍씨	설사 다른 사람들이 네 할아버지를 비난한다고 하드라도 손자인 너만은 그래서는 아니 될 것인데, 만고충절지인(萬古忠節之人)이신 네 할아버지께 네놈이 감히…? (회초리를 집으며) 종아리를 걷어라!
강식	네! (바지를 걷어 올린다)
홍씨	(내리치며) 이놈!
강식	힘껏요! 더 세게 때려주세요 할머니!

홍 씨가 계속 회초리질을 한다. 강숙 내외가 눈물을 닦으며 바라본다.

눈발이 흩날리고 승평만세지곡(昇平萬歲之曲)의 연주소리가 높아지며 막이 서서히 내린다.

[작의]

탄핵으로 진보의 기치(旗幟)로 든 새 정부가 들어선 것이, 불과 4세기 전에 개혁의 기치를 들고 반정(反正)을 일으켜 새 군주를 세운 세력에 비견되어 집필한 희곡이다. 포악한 군주라 하여 반정으로 몰아내고 새 임금을 세웠지만, 종주국인 명나라만 중시하고 세계정세나 신흥국을 도외시했기에, 신흥국의 침략에 대항하지 못하고 항복을 하는 국치(國恥)를 되새겨, 현재의 국가적 어려움과 위기에 대처하는 거울이 되려고 쓴 작품이다. 이 작품은 다수의 연극인들이 참가할 수 있도록 등장인물과 장면이 많도록 구성했다.

[줄거리]

조선왕조 중엽(中葉) 만주 북방의 여진족(女眞族)이 일으킨 후금국(後金國)은 팔기병(八旗兵)이라는 막강한 병사들을 앞세워 명(明)나라를 자주 침략하니, 명나라는 조선에 지원군을 요청한다. 당시 조선왕 광해군(光海君)은 강홍립(姜弘立)을 5도도원수(五道都元帥)로 봉하고 이만 명의 병사를 파견한다. 출정(出征)에 앞서 광해군은 강홍립에게 명과 후금과의 싸움에 끼어들어 조선병사들이 희생되지 않도록 하라고 당부한다. 강홍립은 후금과의 전투에서 수많은 병사를 포로가 되게 하여 적을 안심시킨 후, 한밤중에 급습하여 왕자 홍타시(弘打時)를 비롯한 적장을 생포한다. 강홍립은 홍타시에게 싸울 의사가 없었음을 밝히고, 회군(回軍)할 명분을 찾고 있으니 도와달라고 청한다. 결국 포로를 포함한 조선병사들은 귀국하게 되고, 강홍립은 포로들 대신 인질로 남아 후금을 도와 대명전(對明戰)에 참전하여 전공을 세우고, 공주 비연(飛燕)의 사랑도 받게 된다.

한편 조선에서는 반정(反正)이 일어나, 광해군이 폐위되고 인조(仁祖)가 즉위한다. 그런데 반정공신 중 대다수가 명나라만 숭상할 뿐 강대국으로 성장하고 있는 후금국을 오랑캐나라라 하여 경시하고, 후금의 왕이 죽은 뒤 왕자 홍타시가 왕위를 계승했는데도 경조사절(慶弔使節)을 파견하지 않으니, 격분한 후금은 강홍립을 앞세워 조선을 침략한다.

십년 만에 고국 땅을 밟은 강홍립은 비로소 반정이 있었다는 사실과 자신은 조선과 명나라와의 오랜 친교에 누를 끼친 인물로 적대시 되고 있음을 알게 된다.

강화(講和)가 성립되고, 강홍립은 누명(陋名)을 벗기 위해 제주도로 광해군을 찾아간다. 그러나 유배지(流配地)에서의 광해군의 모습을 본 강홍립은 비참한 심정이 되어 되돌아온다.

평화를 되찾은 조선왕실에서는 세자빈(世子嬪)을 간택하는 등 안정을 유지하는 듯 했으나, 그간 국호를 대청(大淸)이라 고친 후금국이 조선에 홍타시를 황제로 추대한다는 국서를 보내주도록 요청한다. 조선은 명나라만이 유일한 천자(天子)의 나라임을 들어 이를 거절하니, 이에 격분한 홍타시는 병자호란(丙子胡亂)을 일으킨다. 조정은 남한산성(南漢山城)으로 피란하고 청군에 대항하나, 팔기병에게 당할 수 없어 나라의 운명이 풍전등화(風前燈火)처럼 위태롭다. 위기에 처한 나라를 구하려고 강홍립이 전쟁에 뛰어들지만, 강홍립마저 홍타시 군에게 잡히고, 조선은 청나라에 패하는 병자년(丙子年)의 국치(國恥)를 역사에 남긴다.

십년 후, 해마다 정월 초가 되면 강물에 명주실 한 타래를 풀어 흘려보내며 강홍립의 무사귀환을 기원하는 부인 홍씨(洪氏)에게 손자 식(湜)이, 할아버지가 오랑캐 군에게 투항했을 뿐 아니라, 오랑캐를 도와 대명전에 참전한 불충한 인물이라는 평을 하니, 홍씨는 지난 이십여 년 간의 사실을 손자에게 들려주며 만고충절지인(萬古忠節之人)인 할아버지를 비난한 손자에게 회초리질을 하여 잘못을 일깨운다.

한국 희곡 명작선 134

승평만세지곡(昇平萬歲之曲)

초판 1쇄 인쇄일　2023년 11월 20일
초판 1쇄 발행일　2023년 11월 29일

지 은 이　박정기
만 든 이　이정옥
만 든 곳　평민사
　　　　　서울시 은평구 수색로 340 〈202호〉
　　　　　전화 : 02) 375-8571 / 팩스 : 02) 375-8573
　　　　　http://blog.naver.com/pyung1976
　　　　　이메일　pyung1976@naver.com
등록번호　25100-2015-000102호
ISBN　　　978-89-7115-099-3　04800
　　　　　978-89-7115-663-6　(set)
정　　가　8,500원

이 책은 사단법인 한국극작가협회가 한국문화예술위원회의 2023년 제6회 극작엑스포
지원금을 받아 출간하였습니다.

한국 희곡 명작선